野原くん

JUNIOR POEM SERIES

石井英行 詩集

表紙絵：よしだ ちなつ

さし絵：歩人《ほびっと》クラブの子どもたち

第一章

第二章

第三章

第四章

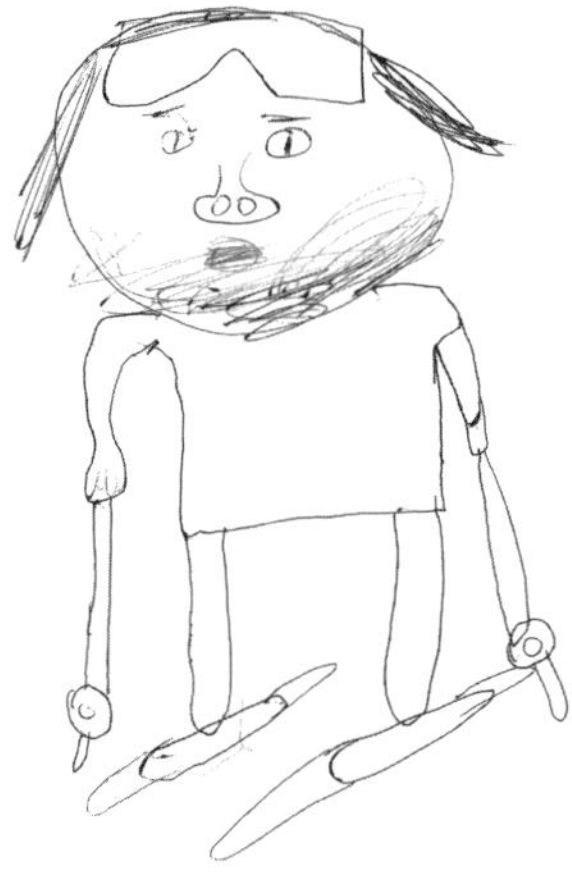

第一章

大樹《たいき》

野原くん

いい名まえだね
　って言うと
いいなまえだね　って答える
元気ですか
　と　聞くと
でんきですか　と答える

野原くん
のはらで遊ぶのすきですか
と　聞くと
はーい　だいすきです
って答えた

まさし

迷子《まいご》

まーちゃんが迷子になった
いや　ちょっとちがう
学校から逃《に》げ出して家へ帰ろうとした
でも　帰れなかった
五時間　行方《ゆくえ》がわからなかった
見つかったのは
十キロほど先の住宅展示場《じゅうたくてんじじょう》の前

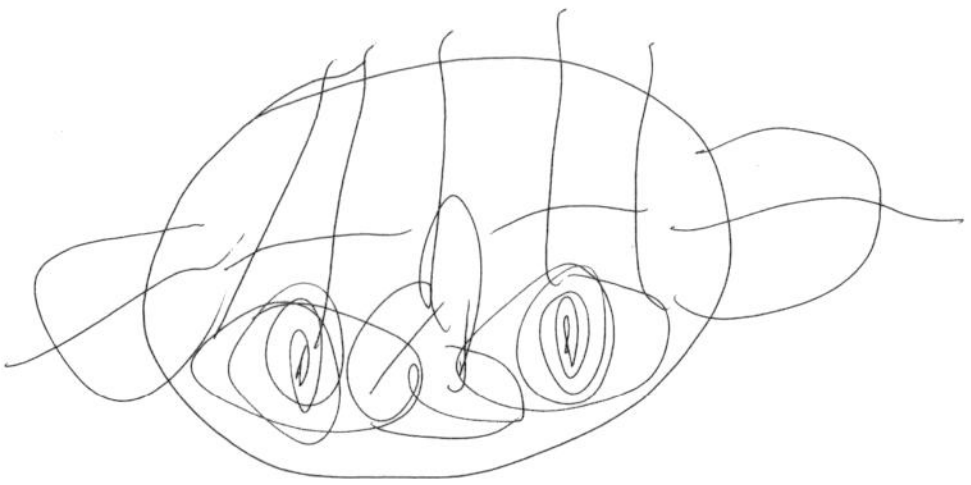

下校時間に間《ま》にあって
まーちゃんは教室に帰ってきた

「ごめんなさい」と　あやまるまーちゃん
だれも返事をしてくれない

一日をメチャクチャにされて
ぼくらはおこっていた

その時
まーちゃんのお腹《なか》が　グーッとなった
「きゅうしょく　たべたい」

先生が　プーッとふき出した
教室中が笑《わら》った
まーちゃんも笑った

晋太郎《しんたろう》

えらい人

えらい人になるんだ
晋太郎が言った

力が強い
速《はや》く走る
頭がいい

よく食べる
すぐ寝《ね》る
早起《はやお》き

やさしい
お金持ち
よく笑《わら》う

勉強する
新聞を読む
おならをしない

晋太郎はそういってから
ちょっと考えたふりをする

それは
お父さんだよ

まさな

プール

準備運動《じゅんびうんどう》がはじまる
と
まさなは走る
するりと列《れつ》をぬけ出し
プールに一直線

　こりゃ　まさな　まてー
声を張《は》り上げ
先生は
後を追う

まさなが飛《と》びこむ
先生が飛びこむ
0・5秒の差

さあ　用意はいいか
先生のはずんだ声と
捕《つか》まったまさなの
大きな声

プールのやくそく
走らない
飛びこまない

こういち

かえ歌

とうさんは　デブで　じいちゃんは　ヨボヨボ
かあさんも　デブで　ばあちゃんも　ヨボヨボ

とつぜん始《はじ》まるこういちの歌に
みんな大笑《わら》い

先生は　タンソク
校長先生は　ガニマタ

さとるは　びんぼう
たつやは　ヘンタイ

どこかできいたようなメロディーに合わせて
こういちは歌う　踊《おど》りながら歌う

誰《だれ》もとめない
大笑いもとまらない

さとるや　たつやまで
笑っている

その時こういちに近づいて
　やめてね
愛子《あいこ》ちゃんが言った

こういちは座《すわ》る
だまって座る

愛子ちゃんが大好き　だから
こういちは歌をやめる

良平《りょうへい》

しつもん

「信号はどうして
　真《ま》ん中が黄色なの　どうして」
—左側《がわ》だと進めになっちゃうからだよ—
「右側じゃあいけないの」
—右側は赤だからとまれでしょ—
「ふーん」

わかったような顔をして
すぐに　別な人に聞く
「信号はどうして
　真ん中が黄色なの　どうして」

だれも答えてくれない

すると
またぼくのところへやって来て
同じ質問《しつもん》
答えも同じ
―右側はとまれでしょ―
三度目に聞きに来たときは
ぼくのほうから聞くことにする
―信号はどうして
　真ん中が黄色なの―
「どっちでもないからだよ」

進次郎《しんじろう》

勉強

遊ぼうよ　進《しん》ちゃん
やだよ

勉強しようか　進ちゃん
うん　いいよ

「ロシアの首都《しゅと》はどこだ」
「モスクワ」

「メキシコの首都は」
「メキシコシティー」

「コスタリカは」
「サン・ホセ」

「ニジェールは」
「ニアメ」

生き字引《じびき》き　進ちゃん
勉強一筋《ひとすじ》
遊ばない

のぼる

ぼく三歳《さい》

たけなか　のぼる　です
さんさい　です

のぼるはいつもそう言って
自己紹介《じこしょうかい》する

一八〇センチもある身長《しんちょう》を
折《お》り曲《ま》げるようにして言い終わると
アハハ
自分で笑《わら》う
大人《おとな》たちは　つられて笑う
そうして
のぼるを好きになる

君子《きみこ》

お部屋《へや》においで

あそぼうって
わたしに言うの
わたしを呼《よ》ぶの

だから

いっしょにいようねって
わたし　言うんだ

銀杏《いちょう》の葉っぱ　どんぐり
誕生日会《たんじょうびかい》に使った
おれた割《わ》りばし
うでのとれた人形《にんぎょう》

みんな　みんな
お部屋においで

工作《こうさく》で余《あま》った紙きれ
新聞にはさまっていた広告《こうこく》
図書館《としょかん》に置《お》いてあるチラシ

君子はその部屋で
みんないっしょに
お昼《ひる》ねするのが好き

つねよし　好きだよ

「おこるひとはきらいだ」
つねよしがいう
「こうしようね」
ってやさしくいっただけなのに
「きらい　きらい」
と　とまらない

そんなとき　ぼくは聞く
「つね　お母さん　好き」

「うん　大好きだよ」
「おかあさん　おこる」
「うん　おこるよ」
「じゃあ　つねは
　おかあさん　きらいだね」

つねよしは　大あわてで
「おかあさんは好きだよ　大好きだよ」

涙《なみだ》をためて
うったえる

ぼくは　いじわるかな
つねよしにいじわるかな

さとる

発表会

いつもと様子《ようす》のちがう人たちが
つぎ〳〵と出てくる

同じような曲《きょく》を弾《ひ》き終わると
同じようにおじぎをする
舞台《ぶたい》のそでにひきあげてゆくと
パラパラと拍手《はくしゅ》がおこる

次は
さと君と　さと君のお姉ちゃんだ
「れんだん」とプログラムに書いてある

ガンバレー

ぼくの声に
さと君はふり向《む》く

　手をふる
さと君も手をふる
腕《うで》を引《ひ》っ張《ぱ》るお姉ちゃん
けれども

さと君は　とまらない
友だちを見つけては
つぎつぎと手をふる

しかたなくピアノに向かって
一人でピアノを鳴《な》らし始《はじ》めたお姉ちゃん
でも
曲は　突然《とつぜん》終わり
おじぎもせずに走って帰った
手をふり続けていたさと君は
お姉ちゃんの後《うし》ろ姿《すがた》を見送ると
客席《きゃくせき》に向《む》かって　ていねいにおじぎをした

拍手がいちばん大きかった

第二章

そうた

宿題《しゅくだい》

放課後《ほうかご》の教室の空気がゆっくりゆれている
宇津木君《うつぎくん》とそうちゃんが机《つくえ》をはさんで座《すわ》っている

二人は算数の宿題をしている
黒板《こくばん》にはひっ算の問題が三つ

宇津木君が先生

そうちゃんが生徒《せいと》

宇津木君は黙《だま》ってそうちゃんの手元《てもと》を見ている
そうちゃんのエンピツはなかなか動かない

時計の音が聞こえる
金魚がはねる

そうちゃんがわらった
宇津木君が伸《の》びをしながら立ち上がった

そうちゃんがあくびをする
宇津木君はゆっくりと黒板の問題を一つ消す

とおる

さがしもの

ダンスをしていると　思った
廊下《ろうか》を歩いていると急《きゅう》に立ち止《ど》まる
後《うし》ろをふり向き一回転《いっかいてん》
角《かど》を曲《ま》がるときもかならず
クルリと回《まわ》る

とおるの変《へん》なクセ

女の子は「きもい」といって
近づかなかった
「とおるがとおる」といって
廊下の角で　はやし立てた
とおるは何を言われても
目を細《ほそ》め首をかしげて
ふり向き　回った

ある日
読《よ》んでいた本を閉《と》じながら
とおるはぼくに言った

もうひとり　オレがいるはず
だから　そいつを見つけていたんだ
そいつ　オレにささやく奴《やつ》さ
やっと　見つけたよ
今　オレのなかにいる
ダンスではなかったんだ
とおるはその日から
ふり向かない
回らない

清太郎《せいたろう》

くすり

給食の後《あと》　白いつぶ三つ
体育の後　黄色いつぶ一つ
セイちゃんのくすり

「元気になるくすりだよ」
セイちゃんは言う
「忘《わす》れないようにしてやってね」
おばさんにたのまれる

忘れ物をする
落《お》とし物が多い
約束《やくそく》も守《まも》れない　だけど
「薬《くすり》の時間」は忘れない
大きな袋《ふくろ》から素早《すばや》くとり出し
さっさと　飲《の》む

でも　くすりの後は
前を見つめたまま
どこか遠いところへ行ってしまう

元気なセイちゃんは
放課後《ほうかご》まで帰らない

やすし

あいさつ

待合室《まちあいしつ》で
おかあさんが言う
「あそこにいる子　やっちゃんじゃあない　おおきくなったね」
保育園《ほいくえん》で一緒《いっしょ》だったやっちゃん

熱《ねつ》のあるぼんやりとした頭で考える

いつも　叩《たた》かれていたし
ときどきかみつかれもした
独《ひと》り言《ごと》を言ってはウロウロするばかりのやっちゃん
誰《だれ》とも遊ばなかった
覚《おぼ》えていないだろう　ぼくのことなんか

やっちゃんは突然《とつぜん》立ち上がると走り出した
看護師《かんごし》さんが後《あと》を追《お》いかける

保育園の時と同じ
先生はいつもやっちゃんを追いかけてた

そのうち床《ゆか》にひっくり返《かえ》って
静かになっちゃうのに
ところがやっちゃんは
真《ま》っ直《す》ぐにぼくの方へやってきて
目の前に立ちどまった
叩《たた》かれる　かみつかれる　こわくなる

だけどやっちゃんは　深《ふか》ぶかと頭を下《さ》げて
「こんにちは」
と　言った

「覚《おぼ》えているの　ぼくのこと」

質問《しつもん》には答えず
「熱《ねつ》あるの」
と　自分のおでこに手を当てた

またかけ出す
看護師さんが追いかける

「やすしく〜ん」
名前を呼《よ》ばれ
看護師さんと一緒《いっしょ》に
診察室《しんさつしつ》へ入るやっちゃんと目が合った

拓斗《たくと》

風

谷間からふき上げる風
帽子《ぼうし》を押《お》さえ道を進む

そろそろ喉《のど》もかわく
息もあらい

休もうか
後《うし》ろをふり向くと
…ハイ…
拓斗のへんじ

岩に腰《こし》を下ろすと
…風がふいてくるねぇ…
いつもとちがう　拓斗の言葉

休もうか
…やすもうか…

疲《つか》れたね
…つかれたね…

いつも交《か》わす　拓斗との会話《かいわ》

きょう　拓斗はちがう
…もうすぐ頂上《ちょうじょう》ですか…
…鳥が飛《と》んでるね…
…花がきれいだね…
独《ひと》り言《ごと》のようだけど
ぼくの返事を待っている

あと二時間ぐらい
ヤマガラだよ
ニッコウキスゲっていうよ

うなずく　拓斗
くり返さない　拓斗

…風が気持ちいいねぇ…
ああ　気持ちいいねえ

洋太《ようた》

昼休《ひるやす》み

女の子たちは
洋《よう》くんが好き
昼休みにはさそい合《あ》って
校舎《こうしゃ》の裏《うら》で遊ぶ

力持ちの洋くんは
遊び用具《ようぐ》をいっぱいもって
ニコニコとついて行く

校舎の裏では
洋くんと遊ぶ
女の子たちの声

男の子は仲間《なかま》に入《はい》れない

昼休みが終わるころ
女の子たちは
急ぎ足で教室にもどって
騒《さわ》いでいる

洋くんはノロノロと用具を片《かた》づけ
ひとまわり小さくなって
教室にもどってくる

椅子《いす》に座《すわ》り
肩《かた》を落とすと
教室での洋くんにもどる

チャイムが鳴って
昼休みが終わる

ともき

鏡《かがみ》

きょうも
鏡に向《む》かっている
ともき　独《ひと》り言《ごと》

似《に》ている　ね

誰《だれ》に
似ているの

ぼく　お母さんに似ている　ね

似ているわ
お母さんに

ぼく　お母さんの子どもだ　ね

子どもだから
似ているのね

ともきは　見ている
鏡に向かって
ともきを　見ている

修一《しゅういち》

進学《しんがく》

その日一日
修一は静かだった

中学へみんなと一緒《いっしょ》に行けない
養護学校《ようごがっこう》へ進学すると判《わか》った日

修一は一日中
窓《まど》にもたれかかったままだった

給食《きゅうしょく》も食べない
遊ばない

話しかけても
なま返事《へんじ》

掃除《そうじ》当番も
しなかった

修一が帰ったのを
誰《だれ》も知らない

修一《しゅういち》

中学生

夏休みには林間《りんかん》学校へ行ったんです　軽井沢《かるいざわ》
妹とね　二人でおばあちゃんの家に泊《と》まりに行きました
岡山《おかやま》です
これ　そのときおばちゃんが買ってくれたバッグ
中学生になってから卓球部《たっきゅうぶ》へ入って　この間試合《しあい》に行ってきました
ぼくは負けちゃったけど　吉岡先輩《よしおかせんぱい》ってかっこいいんです
優勝《ゆうしょう》しました　県大会《けんたいかい》で
林間学校で山へ登りました
いっぱい花が咲《さ》いていてきれいでした

今度写真見せてあげるね
おばあちゃんの家は床屋《とこや》さんです
その時ぼく坊主《ぼうず》にしてもらっちゃった
今は伸《の》びちゃったけど
この間　いっちゃんから手紙が来ました　先生も来るでしょ
クラス会でハイキングするっていう手紙もらいましたか
あっ　バスが来ている　元気でね　行ってきます

修一は一方的にしゃべって養護学校《ようごがっこう》のバスに乗ってしまった。

いっちゃんこと伊東一也《いとうかずや》は、修一のことを心配《しんぱい》しつつ卒業《そつぎょう》していった生徒《せいと》だ。

養護学校に進学することを知った日から、急に元気がなくなった修一のことを気に病《や》んでいた。

しかし、たった今の修一はどうだ。

ハイキングはいい日になりそうだ。

貴文《たかふみ》

記憶《きおく》

ちょっとした出来事《できごと》を思い出すとき、貴文は便利《べんり》だった。

「こどもの国へ遊びに行ったのはいつだった」

「一九九六年六月五日。雨だった」

すぐに答えてくれる。

けれど、その他《た》はほとんどは役に立たない。

「一九九七年七月一二日。横浜線《よこはません》で君に会ったね。一二時五分だったよ」

「一九九九年一二月一八日に君が言ったこと、ぼくに謝《あやま》れよ」

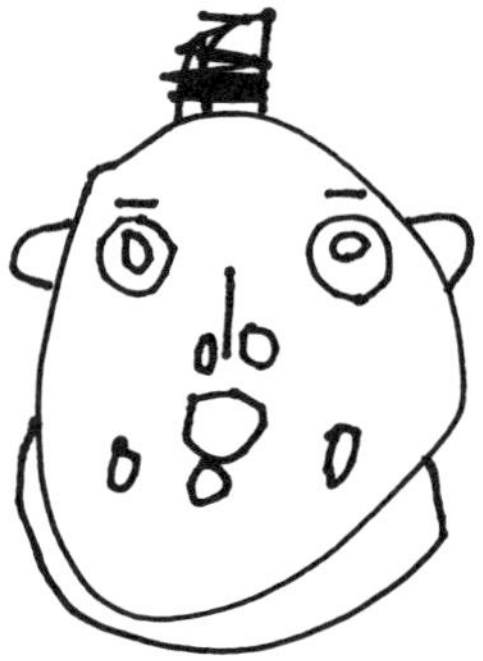

思い出して急に言う時がある。

「何を言ったのか覚《おぼ》えていないよ」

ぼくが言うと、待ってましたとばかりに話し始める。

「将来《しょうらい》は水泳のインストラクターになりたいって言ったんだよ。そしたら君は『太っている奴《やつ》はなれっこないよ』って言ったんだ。失礼《しつれい》じゃあないか。それにぼくは太ってなんかいないぞ」

二重アゴをなでながらいつまでも謝罪《しゃざい》を迫《せま》る。

貴文にやりこめられた時には言うことを決《き》めている。

「『就職《しゅうしょく》したら最初《さいしょ》の給料《きゅうりょう》でおごってやる』っていったのは誰《だれ》だよ。まだ一度もおごってもらってないぜ」

「それは二〇〇〇年三月十日。卒業式《そつぎょうしき》の日だ」

「なんだ覚えているんじゃあないか。今日でもいいからおごれよ」

「ぼくはちゃんと就職できなかったからおごる必要《ひつよう》はない」

と、そっぽを向く。

ある時、聞いたことがある。

「二〇〇二年二月二一日は何の日だか知ってるかい」

「ああ、それは君の奥《おく》さんが死んだ日だよ」

即座《そくざ》に答えた。

もちろんその日、ぼくは貴文に会っていない。

「どうして覚《おぼ》えてるんだ」

「ああ、あの日はね。みんなが小さな声でしかしゃべらなかったんだよ」


この頃《ごろ》は貴文と会うことはない。貴文はその後、入退院《にゅうたいいん》をくり返し、やがてなかなか退院できない状況《じょうきょう》になった。でも、時々《ときどき》は思い出したように病院から電話をかけてきた。

「二〇〇四年六月五日。映画《えいが》を観《み》るって約束《やくそく》で、待ち合わせたのは一〇時だったのに君が来たのは一〇時六分だったぞ。遅《おく》れてきた理由をいえよ」

「二〇〇八年十二月二日。新年会に来いって言ってたのにどうして呼ばなかったんだ。一月二日、あの日は正月だから退院して家に居《い》たんだ」

ぼくは貴文の気のすむまで気長《きなが》に聞いている。


そんなある日、久しぶりに電話があった。

「もう電話はかけないからな。病院でのぼくのお小遣《こづか》いは毎月3000円なんだ。君に電話すると245円も掛《か》かるからタバコが買えなくなる。だからもうかけないよ」

その日から本当にかかってこない。うかつにもぼくは貴文の入っている病院を知らない。家族とは連絡《れんらく》をとれない。

今頃《いまごろ》、貴文はぼくとの記憶をどこに仕舞《しま》っているだろう。それともてあましているだろうか。

誉史《よしふみ》

年賀状《ねんがじょう》

「今年も一回も休んでいません。毎日元気で仕事をしています」

几帳面《きちょうめん》に並《なら》んだ四角い字の年賀状が、誉史から届《とど》く。休まないことが自慢《じまん》の年賀状。毎年決《き》まった文面《ぶんめん》を見つめる。やせた誉史の姿《すがた》がうかぶ。

ぼくの返事《へんじ》も、ほぼ決《き》まってしまった。

「がんばり屋さんの誉史を応援《おうえん》しています。休みの時は遊びに来て下さい。スキーにまた一緒《いっしょ》に行きましょう」

誉史は飲《の》みこみは遅《おそ》いのだが、覚《おぼ》えてしまえば仕事は正確《せいかく》だ。真面目《まじめ》さと、終わらなければやめない頑固《がんこ》さもある。

褒《ほ》められているのに、誰《だれ》かに何かを言われるたびにおどおどして自信のなさそうにする誉史だった。

就職《しゅうしょく》してから、すでに五年は経《た》っている。仕事はすっかり慣《な》れたと聞いているが、今でも同じ作業《さぎょう》のくり返しだろうか。

年賀状の隅《すみ》に小さく
「休むと仕事がなくなってしまうと思っているらしいのです。熱が出ても行こうとします」とあった。

母親と思われるその文字からは、ため息が聞こえてきてならなかった。

第三章

しんや

金魚鉢《きんぎょばち》

水を替《か》える　しんや
金魚鉢をしずしずと持《も》って
棚《たな》に置《お》く

ベルが鳴《な》って
授業《じゅぎょう》が始《はじ》まるのに
棚の前を動かない

しんや　時間だよ

ぼくは腕《うで》を引《ひ》っ張《ぱ》る
しんやは腕をふり払い
金魚鉢に顔をすり寄《よ》せる

しんやの顔に
金魚鉢から反射《はんしゃ》して
太陽のしま模様《もよう》

太陽　金魚鉢　しんや
一直線

しんや　時間だよ

信勝《のぶかつ》

うたう

ガタ　ガタ
イスを動かして
音を立てるノブ君
やがて
ガタガタガタ　ガタガタガタ
椅子《いす》ごとジャンプだ

先生は待っていたかのように
「おいノブうたうゾ」
大きな声を張《は》り上げる
「ノブ君　ジャンプ　イスごと　ジャンプ
みんなびっくり　ノブ君のジャンプ」
先生が即興《そっきょう》で　うたう

ノブ君がつづく
「ノブ君　ジャンプ　イスごと　ジャンプ
みんなびっくり　ノブ君のジャンプ」
先生と同じように

優《やさ》しい顔になって
先生よりも
ずっと澄《す》んだ声をひびかせる

教室中が静かになって
うたを聞く
ノブ君は三回くり返す

ぼくらは　拍手《はくしゅ》する

何事もなかったように
先生は授業《じゅぎょう》の続《つづ》きをする

ケイ
ホセ

かずし

ぼくはだれ

かずしを取り巻《ま》いて
みんなが聞く

ぼくの名前覚《おぼ》えてる
わたしのこと忘《わす》れてないね

その真《ま》ん中《なか》で
一人一人を指《ゆび》さしながら

えーとね　やっちゃん
わすれちゃったけど
ゆう君に　キム君
ひろちゃん　だっけ

つぎつぎに名前を言われると

ああよかった　とか
やったー

などと言ってみんなうれしそう

人気者のかずしが
久《ひさ》しぶりに学校へやってくると
教室は賑《にぎ》やかだ

そして
みんなが席《せき》に着いてしまうと
かずしは　大声で聞く

ぼくだーれだ

かずしくーん
一斉《いっせい》にみんなの声
やったー　知ってたんだ
かずしは
満足《まんぞく》そうに車椅子《くるまいす》を揺《ゆ》する

まこと

あだな

まことのあだな
ヒグラシ
夕方になると泣くから

一年生の時から
一緒《いっしょ》にキャンプしてるのに
うちへ帰りたい　と

広場《ひろば》の真《ま》ん中にうずくまって
鼻《はな》をすり上げる

でも
今年のまことは
昼間《ひるま》から大声で叫《さけ》んだ

ぼくがいないと
かあさんが
ひとりぼっちで
かわいそうなんだよ

まことの声に
小さな子たちが答えた

広場は
「おかあさん」
「おうちかえりたい」の
大合唱《だいがっしょう》

まことは　急に
お兄ちゃんみたいになったので
うれしそうに泣いた

今年
まことのあだなは
アブラゼミになった

聖司《せいじ》

便利屋《べんりや》

ホームルームでクラスの係《かか》りを決《き》めた日
聖司だけが決まらなかった
何の係りをしたらいいか誰《だれ》も思いつかない

聖司はガリガリで　元気がない
何を聞いても　だまっている

何をやっても　ゆっくり
背《せ》は高い
五年生になって
先生も追いこした

ぼくが言った
便利屋セイちゃんがいい
高いところへ手が届《とど》くから
ポスターはり　とか
窓《まど》ふき　とか
飾《かざ》り付《つ》けをたのむのがいい

あれから三年
中学生になっても聖司は
便利屋セイちゃんをやっている
ゆっくりと丁寧《ていねい》に

山下《やました》聖司
中学二年生
身長一八二センチ

ぼくとは時々《ときどき》
アニメの話しをする

りょういち

修行《しゅぎょう》

岩を叩《たた》き
狂《くる》ったように跳《は》ねる水
渦《うず》を巻《ま》いて
足元《あしもと》をすくおうと狙《ねら》う
尻込《しりご》みするぼくらの横を

四つん這《ば》いになったりょういちは
背中《せなか》にしぶき受《う》けながら
ヨロヨロと滝《たき》の下に入る

頭を容赦《ようしゃ》なく水が打つ
りょういちは
指を結《むす》んで眉間《みけん》にしわを寄《よ》せた

りょういち　すごーい
もういいから　もどっておいで
ふたつの声が重《かさ》なる

跳《は》ねた水が霧《きり》になって
虹《にじ》が見える

わーきれい

その声が聞こえたのか
りょういちは
体をぶるぶる震《ふる》わせながら
「修行《しゅぎょう》じゃ」と叫《さけ》んだ

ニカッと笑《わら》い
ピースマークを出した

へなへなと座《すわ》りこんだ
そのまま気絶《きぜつ》

桂介《けいすけ》

スケッチブック

新しい先生は
昼休《ひるやす》みの桂《けい》ちゃんの絵を
知らない

授業中
ずっと絵を描《か》かされている桂ちゃん
スケッチブックが嫌《きら》い
終わるころには真《ま》っ黒《くろ》

「桂ちゃんはいつも同じね」
先生のため息

昼休みぼくのノートには
きりんとうさぎのなわ飛び

りょう君には
ペンギンの滑《すべ》り台

ももかちゃんには
カメの昼寝《ね》

先生は昼休みの桂ちゃんの絵を
知らない

高志《たかし》

雨虫《あめむし》

いっぱいきたぞー
タカちゃんが校庭に飛《と》び出してゆく
何度もジャンプして
空をつかむ

しゃがみ込《こ》んで
手のひらの臭《にお》いをかぐ

くせー　くせー
あめ　くせー
あめむし　くせー

タカちゃん　あめむしってなに

あめふるよ　ほら

タカちゃんの手のひらをみる
何もない
臭いをかぐ
タカちゃんの臭いだけ

　あめふるぞー
もう一度立ち上がって
タカちゃんが叫《さけ》ぶ

午後になって
頬杖《ほおづえ》をついたタカちゃんが
居《い》ねむりすると

ポツリポツリと雨が降《ふ》る

しゅうじ

ナイス　キック

校庭のすみっこ
ボールを追いかけてゆくと
しゅうじがしゃがんでいる
最初はボールをやがて目を上げてぼくを見る

ボールが近くに転《ころ》がっても
しゅうじはぼくを見ている

　取《と》ってよ　しゅうじ

ぼくの声に
ゆっくりと立ち上がり　けった
まっすぐ飛《と》んでくるボール
ぼくの胸《むね》に突《つ》きささるように

　ナイス　キック

二本の指を立て
ぼくは笑《わら》った

ピース

初めて聞く
しゅうじの大声

ピース

叫《さけ》んだ

ぼくを見ながら
しゅうじがもう一度叫んだ

明里《あかり》

大好きな人

みずえちゃんだ
三番目のは真由美《まゆみ》ちゃん
下手《へた》な絵

先生が黒板《こくばん》に絵を張《は》り出す

だれがかいたの
康太《こうた》の顔だ
先生に似《に》ているよ
笑《わら》ってるね

「だれが描《か》いたかわかる人」
だれも手を挙《あ》げない
わからない

「明里ちゃんの絵だよ」

教室中が　シン　となった
明里ちゃんの
あの事故《じこ》から一か月

学校に来ても
フラフラと教室を出て行ったり
水道の蛇口《じゃぐち》を開《あ》けてまわったり
花だんの花をみんな引《ひ》っこぬいちゃったり

だから
あんまり友だちは居《い》なかった

席《せき》はぼくのとなりだった
ノートを破《やぶ》られた
エンピツを折《お》られた
だけど　ぼくはおこらなかった

「ほらここに
　大好きな人です　って書いてある」
先生は絵に近づいて言う

また　あちこちから
たくさんの名前があがった

　みゆきちゃん　鈴木《すずき》さん
　みずほ君　たっちゃん

だけどその中に
ぼくの名前はなかった

教科書を開《ひら》いてあげた
こぼした給食《きゅうしょく》も片付《かたづ》けてあげた

だけどその中に
ぼくはいなかった

第四章

ゆうじ

バスケットボール

ゆうじと遊ぶときはいつも
バスケットボールをする
走るのが苦手《にがて》なゆうじだから
フリースローで勝負《しょうぶ》する
十回シュートして
どちらが多く入るか
ぼくが七回
ゆうじが四回　ぼくの勝《か》ち

でも　数えるのも苦手なゆうじは
負《ま》けたと言わない

つぎは
どちらが先に十回入るか

ゆうじが十回入った
　ぼくはまだ七回　ゆうじの勝ち

いつも同じ結果《けっか》に　ぼくが聞く
「どっちがうまいんだろうね」

「ぼくだよ」
ニッコリ笑《わら》ったゆうじは
人差《さ》し指《ゆび》で自分の頭を指《さ》す

よしあき

バクダン

よしあきが新しい野球帽《やきゅうぼう》をかぶってきた
幸次《こうじ》が
ちょっと貸《か》して　と　かぶった

ダメ　ダメ　ダメ
よしあきがさけんだ

幸次をたたいた
夏樹《なつき》もたたいた

ヨシアキバクダンだ　逃《に》げろ

孝次の声に
大あわてで教室のすみへ逃《に》げる

よしあきは
教室の真《ま》ん中であらい息をする

けれど周《まわ》りにだれも居《い》なくなると
声は急に小さくなり
すぐに
優《やさ》しい声の
ゴメンナサイ　に変《か》わる

だれにもわからない
よしあきバクダンの理由《りゆう》
よしあきにも
わからない
何故《なぜ》叩《たた》いたのかわからない

やがて
よしあきが疲《つか》れたように椅子《いす》に座《すわ》ると
すこしずつ　すこしずつ
教室の中は元《もと》にもどって行く

ゆかり

フラダンス

窓《まど》の外から聞こえてくる音楽
ゆかり　立ち上がる

ステップ
手拍子《てびょうし》

フ　ラ　ダ　ン　ス
ゆかり　ひとり言

肩《かた》をゆらす
腰《こし》をふる
腕《うで》を伸《の》ばして
手のひらを返《かえ》す
天井《てんじょう》を見上げる
回転《かいてん》する

フラダンス

だれも〝うまい〟なんていわない
いつもいっしょの女の子たちも
みているだけ

曲《きょく》が終われば
満足《まんぞく》そうに
床《ゆか》に寝《ね》そべって
ゆかり　ひとり笑《わら》い

でも
だれも〝うまい〟なんていわない

充吾《じゅうご》

青信号《あおしんごう》

横断歩道《おうだんほどう》の向こうから
ぼくを呼《よ》び止《と》めるのは
充吾のお母さん
信号の下に立っている

ずうっと後《うし》ろのほうに充吾
「ほら　早く　早く」
お母さんはピョンピョン跳《は》ねながら

充吾を手招《まね》きする
「この頃《ごろ》　充吾は歩くのがおそくって」

ぼくを見つけた充吾は
とつぜん　大股《おおまた》で歩き出した
右腕《みぎうで》を空へ向かってつき上げ
横断歩道に出てくる

急ブレーキをかけた運転手《うんてんしゅ》さんに
ペコリと頭を下げ
お母さんを引きずり
行進《こうしん》するように歩いてきた

ようやく
信号が青になる

俊樹《としき》

自動ドア

塾《じゅく》からの帰り道
コンビニのドアの前に
俊樹が突然《とつぜん》しゃがみ込《こ》んだ

おい　赤ちゃんみたいだぞ

つよしの声に　俊樹は
フワリと立ち上がって
スタスタ歩き出す

まったく

つよしははき捨《す》てるように言って
俊樹の後を追った
ぼくも従《したが》う
今日《きょう》の俊樹は自動ドアが気になるらしい
次のビルの入り口で

またしゃがみ込《こ》む

またかよ
つよしのあきれたような声に
俊樹が言う
―ドアがね
手で開《あ》けろって言ってるんだ―

グワッ・ゴン
ドアがゆれて
つよしとぼくは

耳をすます

あづは

競走《きょうそう》

「ぼく速《はや》いよ」
あづは足が速いことを
初めて会った人に自慢《じまん》する

ヨーイ・ドン

ぼくはあづはと走った

「ずるい　ずるい」
スタートしてすぐに
前を走るぼくに
あづははわめく

「ずるい　ずるい」
ペタリとグランドに座《すわ》りこんだ

「ぼくのほうが速いのに　ずるい」
といって泣き出した

ぼくはあづはの周《まわ》りをウロウロする

そんな時
先生がかけ寄《よ》ってきて
「あなた　速《はや》いのね」
と　ぼくに言ってから
あづはの肩《かた》をポンとたたいた

そしたら　あづはは
チラリとぼくを見て
先生にだきついた

ぼくに勝つのが
目的だったはずなのに
そんなことは知らないよ
というように
背中《せなか》が笑《わら》った

拓也《たくや》

崖《がけ》

富士川《ふじがわ》の屏風岩《びょうぶいわ》へ
今年こそ
という拓也を連れて行く
屏風岩は七メートルの崖
つよしも　あきらも

さっさと飛《と》びこんだ
拓也はやっぱり飛べない

崖の縁《ふち》に立って
拓也は言う
どうしたらいい
「おしてやるよ」
ジーッと見た
恐《こわ》い顔してぼくを見た
拓也の独《ひと》り言《ごと》

飛ばなかったら
バカにされるね
六年生だから
なさけないね

「押《お》してやるよ」
拓也は目をつぶって
また　深呼吸《しんこきゅう》
ちょっ　ちょっと　まって

「押してやるよ」

一歩　二歩　三歩
拓也が崖《がけ》に近づいた
ぼくは　ドンとついた

拓也は　跳《と》んだ
泣き叫《さけ》ぶような声を残《のこ》して
水の中に消えた

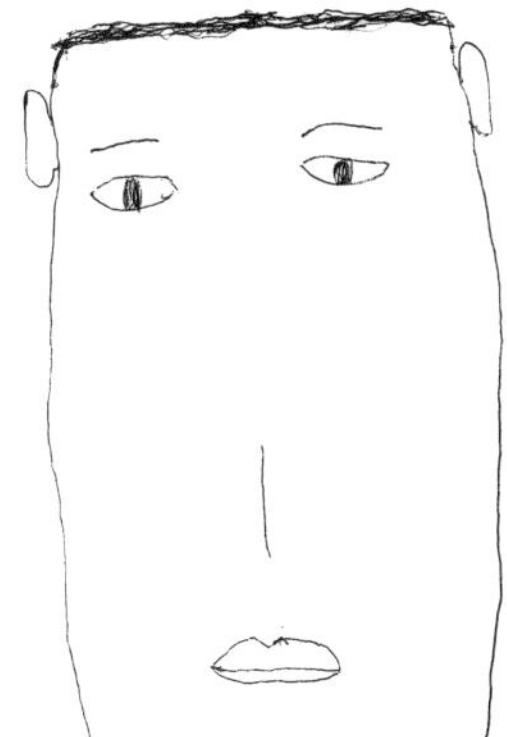

直樹《なおき》

遠足

ぼくのグループは
「直君係《なおがかり》り」
いつもいっしょにいる係《かか》り
直君はおしゃべりが苦手《にがて》
ジッとしていられない

キリンの食事
サイの水浴《あ》び
足ぶみしながら見ていたかと思うと
さっと走り出す

すれちがう人たちから
「直君係り　しっかり」
って　言われてしまう

でも直君は迷子《まいご》にならない
地図を見なくたって
「ライオン　ウオー」とさけびながら
誰《だれ》よりも早く目的《もくてき》の檻《おり》に行く
説明の看板《かんばん》も読む

遠足のあと
見学ノートの
「クイズ」や
「調べましょう」の答えは
直君のノートから写す

ぼくらは「直君係り」

合い言葉

雄大《ゆうだい》

―トンボが飛《と》んでるよ―
ゆうだい君に教えてやると
ト　ン　ボ　　ト　ン　ボ
と　いってから
　アハハハハ　　って
大きな声で笑《わら》う

―セミとりしよう―　　って
さそいに行くと

せ　み　せ　み
　アハハハハ

ゆうだい君は
何を言っても
　アハハハハ
だれとでも
　アハハハハ

「ケンカしそうになったとき
悲しいことがあったとき
ゆうだい君を思い出すこと」

ぼくらのクラスの
合い言葉です

かおる
ぼくに聞いて

あの日かおるは公園にいた
小さな子どもたちと一緒《いっしょ》にいた

かおるが山を作り
子どもたちがふんづける
同じ事をなんどもくり返して
遊んでる

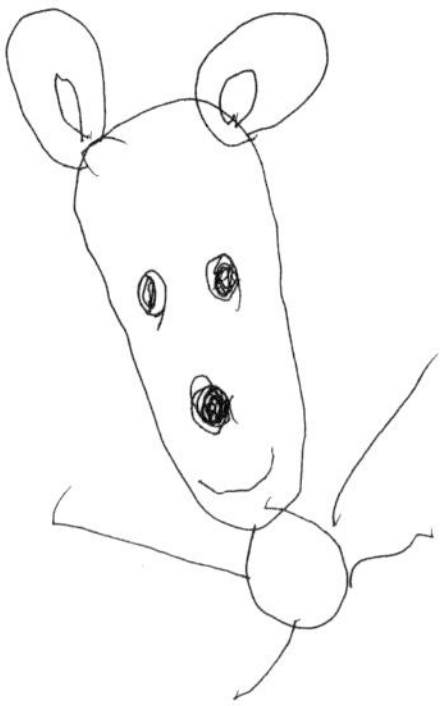

日が傾《かたむ》きかけたころ
「オニイチャン　アリガトウ」
子どもたちが帰って行った

その時かおると目が合った
表情《ひょうじょう》を硬《かた》くしてそっぽを向いた

学校でのかおるは
ドッジボールをしようっていっても
「おれはいい」
決していっしょにやろうとはしない
誘《さそ》わないと

「無視《むし》した」って怒《おこ》るのに
機嫌《きげん》のいいときは
「おれ　ショパン弾《ひ》けるんだぜ」
「ママはお医者さんで　えらいんだ」
「香港《ほんこん》の夜景《やけい》　すごかったよ」
自分のことばかり話す

そうか
かおるは
ルールを覚《おぼ》えるのが
苦手《にがて》だったんだ
だから

何をして遊んでも
途中《とちゅう》で止めてしまう

ぼくに聞きなよ
かおる
何度でもいいから

ゆっくり話すから
怒らないで
ぼくに聞きなよ

ドッジボールしようよ

あとがきにかえて

こつこ　さん

「こつこ」さん　と呼ばれた
黒板に大きく「いしい」と　書いて
自己紹介をはじめたら

「こつこさん」
ひとりの男の子が言う
そうすると何人かが
「こつこ　こつこ」と大合唱

何を言われているのかわからず
「静かに　静かにして」と
言うだけのわたしをよそに
男の子が立ち上がる
首を九十度に傾《かたむ》け
「こつこ　こつこ」と言い
黒板を見ている

わたしも首を九十度に傾け
黒板を見つめる
「い」は「こ」と読める

合唱は終わって
部屋は静かになる
わたしは「し」「し」と
くり返して言ってみる

そうか　黒板の向こう側から
透《す》かしてみれば「し」は「つ」と読める

男の子の名は亮太《りょうた》
そしてわたしは今年還暦《かんれき》を迎える

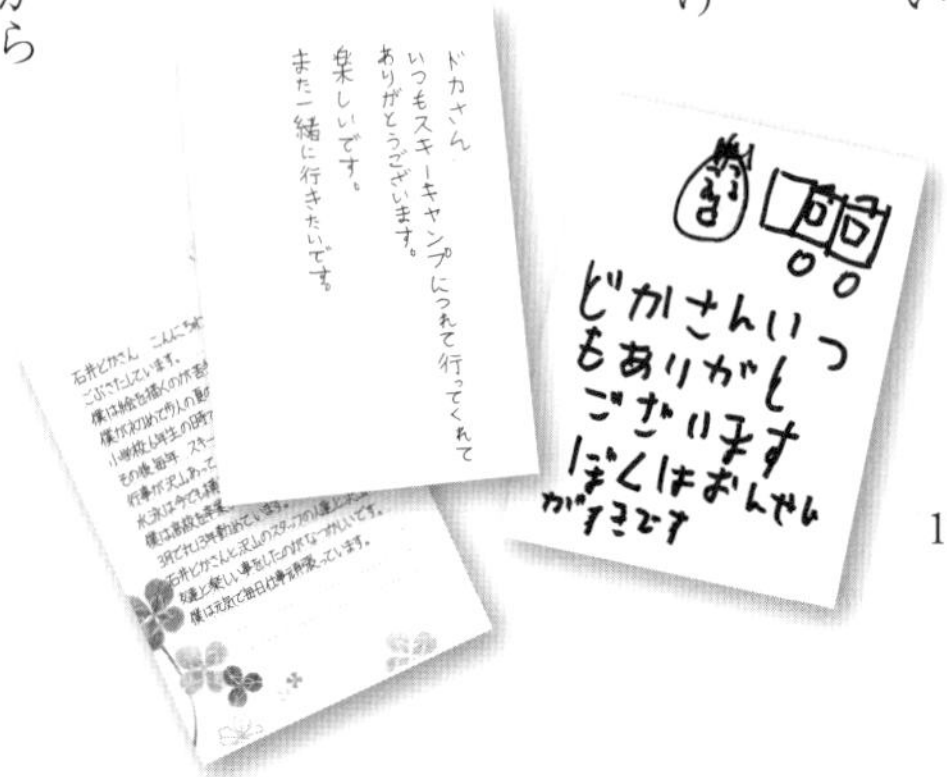

数年前、この作品を書き上げたとき、胸のあたりがざわつきました。ある事情があってほとんど詩を書かなくなっていたわたしが、久しぶりに書いた自分自身の作品に何かを触発《しょくはつ》されたのです。

それは、わたしが続けてきた子どもたちとの関《かか》わりを、もっと表現してみたいという衝動《しょうどう》でした。いや、書かなければならないという使命感を刺激したのかもしれません。しかしながら、そう簡単に書けるものではありません。焦《あせ》りながらも、苦しみながらも数年の時が過ぎてしまいました。

そんなわたしが一冊の詩集として上梓《じょうし》することが出来ましたのは、児童文学の同人「牛」に入会させて頂けたのがきっかけです。同人の方たちは行き場のない作品を抱《かか》えたままのわたしに多くの励《はげ》ましを下さいました。感謝を申し上げます。また、詩集に纏《まと》めるにあたり同人の間中ケイ子さんに作品の出来具合を見て頂きました。

最後になりますが、子どもたちとの活動をボランティアとして支《ささ》えてくれた多くの若者たち、そして、なにより作品を書かせてくれた子どもたち（多くはすでにりっぱな青年たちですが）にも感謝を申し上げたいと思います。

なお、作品の中のいくつかに、日常的な彼らとのつきあいから生まれたものだけではなく、福島の原発事故で被災した子どもたちとの出会いの中から生まれたものもあることを記しておきます。

作品中の名前は一部を除き変えてあります。作品は子どもたちの行動や、発言にヒントを得たものであり、あくまでも創作であることをお断りしておきます。

石井英行

著者・石井　英行

1949年、東京生まれ。1994年にp-mac野外教育研究センターを設立後1996年より「歩人クラブ」の活動を開始。

著書に「みんなであそぼう」玉川大学出版部。詩集「おじいちゃんの友だち」銀の鈴社等がある。
日本児童文学者協会会員。同人「牛」所属。

絵・よしだ　ちなつ

1991年、神奈川生まれ。國學院大學幼児教育専門学校専攻科を卒業。現在、横浜市内の幼稚園に保育士として勤務。在学時より「歩人クラブ」のボランティアとして活動。同人誌「牛」「栞」等の表紙や挿絵などを描く。

歩人《ほびっと》クラブ

自閉症や学習障がいなどの発達障がいをもつ青少年を中心とするアウトドア派のあそびの会。

NDC911
神奈川　銀の鈴社　2015
128頁　21cm（野原くん）

ジュニアポエムシリーズ　252　　2015年8月6日初版発行
本体1,600円＋税

野原くん

著　者　石井英行©
絵・よしだ ちなつ と 歩人《ほびっと》クラブの子どもたち©
発行者　柴崎聡・西野真由美
編集発行　㈱銀の鈴社 TEL 0467-61-1930　FAX 0467-61-1931
〒248-0005　神奈川県鎌倉市雪ノ下3-8-33
http://www.ginsuzu.com
E-mail　info@ginsuzu.com

ISBN978－4－87786－256－5　C8092　　印刷　電算印刷
落丁・乱丁本はお取り替え致します　　製本　渋谷文泉閣

…ジュニアポエムシリーズ…

1 鈴木敏史・詩 宮下琢郎・絵 星の美しい村 ★☆
2 小池知子・詩 高志孝子・絵 おにわいっぱいぼくのなまえ ★☆
3 鶴岡千代子・詩 武田淑子・絵 白い虹 児文芸新人賞
4 楠木しげお・詩 久保雅勇・絵 カワウソの帽子
5 津坂治男・詩 垣内美穂・絵 大きくなったら ★◇
6 後藤れい子・詩 山本まつ子・絵 あくたれぼうずのかぞえうた
7 北村蔦子・詩 柿本幸造・絵 あかちんらくがき
8 吉田瑞穂・詩 吉田翠・絵 しおまねきと少年 ★☒◎
9 新川和江・詩 葉祥明・絵 野のまつり ★☆
10 阪田寛夫・詩 織茂恭子・絵 夕方のにおい ★◈○☆
11 高田敏子・詩 若山憲・絵 枯れ葉と星 ★☆
12 原田直友・詩 吉田翠・絵 スイッチョの歌 ★◎
13 小林純一・詩 久保雅勇・絵 茂作じいさん ★●◉☆◎
14 谷川俊太郎・詩 長新太・絵 地球へのピクニック ★◎
15 与田準一・詩 深沢省三・深沢紅子・絵 ゆめみることば ★

16 岸田衿子・詩 中谷千代子・絵 だれもいそがない村
17 江間章子・詩 榊原直美・絵 水と風 ◇◎
18 原田直友・詩 小野まり・絵 虹―村の風景― ★
19 福田正夫・詩 福田達夫・絵 星の輝く海 ★☆
20 草野心平・詩 長野ヒデ子・絵 げんげと蛙 ★☆○◇
21 宮田滋子・詩 青木まさる・絵 手紙のおうち ☆○
22 久保田昭三・詩 斎藤彬子・絵 のはらでさきたい
23 鶴岡千代子・詩 加倉井和夫・武田淑子・絵 白いクジャク ★●
24 尾上尚子・詩 まど・みちお・絵 そらいろのビー玉 ★☆児文協新人賞
25 水上紅・詩 深沢紅子・絵 私のすばる ☆
26 野呂昶・詩 福島一二三・絵 おとのかだん ★
27 こやま峰子・詩 武田淑子・絵 さんかくじょうぎ ☆
28 青戸かいち・詩 駒宮録郎・絵 ぞうの子だって
29 まきたかし・詩 福田達夫・絵 いつか君の花咲くとき ★☆♡
30 薩摩忠・詩 駒宮録郎・絵 まっかな秋 ★☆♡

31 新川和江・詩 福島一二三・絵 ヤァ！ヤナギの木 ★☆○♡
32 井上靖・詩 駒宮録郎・絵 シリア沙漠の少年 ★☆♡
33 古村徹三・詩・絵 笑いの神さま
34 江上波夫・詩 青空風太郎・絵 ミスター人類 ○☆
35 秋原秀夫・詩 鈴木義治・絵 風の記憶 ★◎
36 水村三千夫・詩 武田淑子・絵 鳩を飛ばす
37 久冨純江・詩 渡辺安芸夫・絵 風車 クッキングポエム
38 日野生三・詩 吉野晃希男・絵 雲のスフィンクス ★
39 佐藤雅子・詩 佐藤太清・広瀬きよみ・絵 五月の風 ★
40 小黒恵子・詩 武田淑子・絵 モンキーパズル ★
41 木村信子・詩 山本典子・絵 でていった
42 中野栄子・詩 吉田翠・絵 風のうた ☆
43 宮田滋子・詩 牧村慶子・絵 絵をかく夕日 ★
44 大久保テイ子・詩 渡辺安芸夫・絵 はたけの詩 ★☆
45 秋原秀夫・詩 赤星亮衛・絵 ちいさなともだち ♥

☆日本図書館協会選定
★全国学校図書館協議会選定（SLA）
□少年詩賞　■茨城県すいせん図書
○厚生省中央児童福祉審議会すいせん図書
●日本童謡賞　♧岡山県選定図書
♡日本子どもの本研究会選定
♥秋田県選定図書
♣愛媛県教育会すいせん図書
◇岩手県選定図書
◆京都府選定図書
☒芸術選奨文部大臣賞
◉赤い鳥文学賞　◈赤い靴賞

…ジュニアポエムシリーズ…

46	日友靖子詩集 藤城清治・安西明美・絵	猫曜日だから	◆☆
47	秋葉てる代詩集 武田淑子・絵	ハープムーンの夜に	♡
48	こやま峰子詩集 山本省三・絵	はじめのいーっぽ	★♡
49	黒柳啓子詩集 金子滋・絵	砂かけ狐	♡
50	三枝ますみ詩集 武田淑子・絵	ピカソの絵	☆♡●
51	夢虹二詩集 武田淑子・絵	とんぼの中にぼくがいる	♡○♥
52	はたちよしこ詩集 まど・みちお・絵	レモンの車輪	□♧
53	大岡信詩集 葉祥明・絵	朝の頌歌	★☆♡♥◎
54	吉田瑞穂詩集 吉田翠・絵	オホーツク海の月	★☆♡
55	さとう恭子詩集 村上保・絵	銀のしぶき	★☆♡
56	星乃ミミナ詩集 葉祥明・絵	星空の旅人	★☆♡
57	葉祥明詩・絵	ありがとう そよ風	★♡▲
58	青戸かいち詩集 初山滋・絵	双葉と風	
59	小野ルミ詩集 和田誠・絵	ゆきふるるん	★☆●♡
60	なぐもはるき詩・絵	たったひとりの読者	★♡♧
61	小関秀夫詩集 小倉玲子・絵	風《かざ》琹《しおり》	★♡♥
62	海沼松世詩集 守下さおり・絵	かげろうのなか	☆♡
63	山本龍生詩集 小倉玲子・絵	春行き一番列車	♡
64	小泉周二詩集 深沢省三・絵	こもりうた	★☆♡
65	かわてせいぞう詩集 若山憲・絵	野原のなかで	♡★♥
66	えぐちまき詩集 赤星亮衛・絵	ぞうのかばん	♡◆♥
67	池田あきつ詩集 小倉玲子・絵	天気雨	♡
68	藤井則行詩集 君島美知子・絵	友へ	♡♤
69	藤哲生詩集 武田淑子・絵	秋いっぱい	★♠
70	日友靖子詩集 深沢紅子・絵	花天使を見ましたか	★
71	吉田瑞穂詩集 吉田翠・絵	はるおのかきの木	★
72	小島禄琅詩集 中村陽子・絵	海を越えた蝶	☆★♥♡
73	にしおまさこ詩集 杉田幸子・絵	あひるの子	★
74	山下竹二詩集 徳田徳志芸・絵	レモンの木	★
75	高崎乃理子詩集 奥山英俊・絵	おかあさんの庭	★♡
76	檜きみこ詩集 広瀬弦・絵	しっぽいっぽん	★●□☆♡
77	たかはしけいこ詩集 高田三郎・絵	おかあさんのにおい	♡♣□
78	星乃ミミナ詩集 深澤邦朗・絵	花かんむり	♥☆♡
79	佐藤照雄詩集 津波信久・絵	沖縄 風と少年	☆♡★
80	相馬梅子詩集 やなせたかし・絵	真珠のように	♥★
81	小島禄琅詩集 深沢紅子・絵	地球がすきだ	★
82	鈴木美智子詩集 黒澤梧郎・絵	龍のとぶ村	◇★♥
83	いがらしれいこ詩集 高田三郎・絵	小さなてのひら	☆
84	宮入黎子詩集 小倉玲子・絵	春のトランペット	☆★
85	下田喜久美詩集 方振寧・絵	ルビーの空気をすいました	☆
86	野呂昶詩集 方振寧・絵	銀の矢ふれふれ	★
87	ちょはらまちこ詩集 ちょはらまちこ・絵	パリパリサラダ	★
88	秋原秀夫詩集 徳田徳志芸・絵	地球のうた	☆★
89	中島あやこ詩集 井上緑・絵	もうひとつの部屋	★
90	藤川こうのすけ詩集 葉祥明・絵	こころインデックス	☆

✼サトウハチロー賞　✣毎日童謡賞　♠奈良県教育研究会すいせん図書
☼三木露風賞　※北海道選定図書　֍三越左千夫少年詩賞
♤福井県すいせん図書　♤静岡県すいせん図書
▲神奈川県児童福祉審議会推薦優良図書　◎学校図書館図書整備協会選定図書（SLBA）

…ジュニアポエムシリーズ…

91 新井　和詩集／高田　三郎・絵　おばあちゃんの手紙　☆★
92 はなわたえこ詩集／えばとかつこ・絵　みずたまりのへんじ　★●
93 柏木恵美子詩集／武田　淑子・絵　花のなかの先生　☆
94 中原千津子詩集／寺内　直美・絵　鳩への手紙　★
95 髙瀬美代子詩集／小倉　玲子・絵　仲なおり　★
96 杉本深由起詩集／若山　憲・絵　トマトのきぶん　☆★◎ 児文芸新人賞
97 宍倉さとし詩集／守下さおり・絵　海は青いとはかぎらない　♧
98 石井　英行詩集／有賀　忍・絵　おじいちゃんの友だち　■
99 なかのひろ詩集／アサト・シェラ・絵　とうさんのラブレター　☆★
100 小松　静江詩集／藤川　秀之・絵　古自転車のバットマン
101 石原　一輝詩集／加藤　真夢・絵　空になりたい　☆★
102 小泉　周二詩集／西　真里子・絵　誕生日の朝　☆■★
103 くすのきしげのり童謡／わたなべあきお・絵　いちにのさんかんび　☆★
104 成本　和子詩集／小倉　玲子・絵　生まれておいで　☆★♡♧
105 伊藤　政弘詩集／小倉　玲子・絵　心のかたちをした化石　★

106 川崎　洋子詩集／井戸　妙子・絵　ハンカチの木　□★☆
107 柘植　愛子詩集／油野　誠一・絵　はずかしがりやのコジュケイ
108 新谷智恵子詩集／葉　祥明・絵　風をください　☆●♡✣
109 金親　尚子詩集／牧　進・絵　あたたかな大地　☆
110 黒柳　啓子詩集／吉田　翠・絵　父ちゃんの足音　☆★♡□
111 富田　栄子詩集／油野　誠一・絵　にんじん笛　♡☆
112 原　国子詩集／高畠　純・絵　ゆうべのうちに　☆
113 宇部　京子詩集／スズキコージ・絵　よいお天気の日に　○□●☆◇★
114 武鹿　悦子詩集／牧野　鈴子・絵　お花見　☆□
115 山本なおこ詩集／梅田　俊作・絵　さりさりと雪の降る日　☆★
116 小林比呂古詩集／おおた慶文・絵　ねこのみち　☆
117 後藤れい子詩集／渡辺あきお・絵　どろんこアイスクリーム　☆
118 重清　良吉詩集／高田　三郎・絵　草の上　☆□◆★
119 宮中　雲子詩集／西　真里子・絵　どんな音がするでしょか　✻★
120 前山　敬子詩集／若山　憲・絵　のんびりくらげ　☆★

121 川端　律子詩集／若山　憲・絵　地球の星の上で　♡
122 たかはしけいこ詩集／織茂　恭子・絵　とうちゃん　♡★♣
123 宮田　滋子詩集／深澤　邦朗・絵　星の家族　☆●
124 国沢たまき詩集／唐沢　静・絵　新しい空がある
125 池田あきつ詩集／小倉　玲子・絵　かえるの国　★
126 黒田　恵子詩集／倉島千賀子・絵　ボクのすきなおばあちゃん　☆★♡
127 垣内　磯子詩集／宮崎　照代・絵　よなかのしまうまバス　☆♡★
128 小泉　周二詩集／佐藤　平八・絵　太陽へ　★●☆♡
129 中島　和子詩集／秋里　信子・絵　青い地球としゃぼんだま　☆★
130 のろさかん詩集／福島一二三・絵　天のたて琴　☆
131 加藤　丈夫詩集／葉　祥明・絵　ただ今受信中　☆★
132 北原　悠子詩集／深沢　紅子・絵　あなたがいるから　♡
133 池田もと子詩集／小倉　玲子・絵　おんぷになって　♡
134 鈴木　初江詩集／吉田　翠・絵　はねだしの百合　★
135 垣内　磯子詩集／今井　俊・絵　かなしいときには　★

△長野県教育委員会すいせん図書　☆㈶日本動物愛護協会推薦図書
◆茨城県推奨図書

…ジュニアポエムシリーズ…

136 秋葉てる代詩集 やなせたかし・絵 おかしのすきな魔法使い ●★
137 青戸かいち詩集 永田萠・絵 小さなさようなら ✿★
138 柏木恵美子詩集 高田三郎・絵 雨のシロホン ♡★
139 藤井則行詩集 阿見みどり・絵 春だから ♡★◎
140 黒田勲子詩集 山中冬二・絵 いのちのみちを
141 南郷芳明詩集 的場豊子・絵 花時計
142 やなせたかし詩・絵 生きているってふしぎだな
143 内田麟太郎詩集 斎藤隆夫・絵 うみがわらっている
144 しまざきふみ詩集 島崎奈緒・絵 こねこのゆめ ♡
145 糸永えつこ詩集 武井武雄・絵 ふしぎの部屋から ♡
146 石坂きみこ詩集 鈴木英二・絵 風の中へ ♡
147 坂本のこ詩集 坂本こう・絵 ぼくの居場所 ♡
148 島村木綿子詩・絵 森のたまご ✿
149 楠木しげお詩集 わたせせいぞう・絵 まみちゃんのネコ ★
150 牛尾良子詩集 上矢津・絵 おかあさんの気持ち ♡

151 三越左千夫詩集 阿見みどり・絵 せかいでいちばん大きなかがみ ★
152 水村三千夫詩集 高見八重子・絵 月と子ねずみ
153 川越文子詩集 横松桃子・絵 ぼくの一歩 ふしぎだね ★
154 すずきゆかり詩集 葉祥明・絵 まっすぐ空へ
155 西田純詩集 葉祥明・絵 木の声 水の声
156 清野倭文子詩集 水科舞・絵 ちいさな秘《ひ》密《みつ》
157 川奈静詩集 直江みちる・絵 浜ひるがおはパラボラアンテナ ★◎
158 若木良水詩集 西真里子・絵 光と風の中で
159 牧陽子詩集 渡辺あきお・絵 ねこの詩 ★◎
160 宮田滋子詩集 阿見みどり・絵 愛一輪 ★◎
161 井上灯美子詩集 唐沢静・絵 ことばのくさり ☆●
162 滝波万理子詩集 滝波裕子・絵 みんな王《おう》様《さま》 ★●
163 冨岡みち詩集 関口コオ・絵 かぞえられへん せんぞさん ★
164 垣内磯子詩集 辻恵子・切り絵 緑色のライオン ★◎
165 すぎもとれいこ詩集 平井辰夫・絵 ちょっといいことあったとき ★

166 岡田喜代子詩集 おぐらひろかず・絵 千年の音 ★☆◎
167 川奈静詩集 直江みちる・絵 ひもの屋さんの空 ★◎☆♥♡
168 鶴岡千代子詩集 武田淑子・絵 白い花火 ★☆
169 井上灯美子詩集 唐沢静・絵 ちいさい空をノックノック ★◎☆
170 尾崎杏子詩集 ひなた山すじゅう郎・絵 海辺のほいくえん ☆♡★◎
171 柘植愛子詩集 やなせたかし・絵 たんぽぽ線路 ☆♡★◎●
172 小林比呂古詩集 うめざわのりお・絵 横須賀スケッチ ☆★◎♡▲
173 林佐知子詩集 串田敦子・絵 きょうという日 ☆★◎♡▲
174 後藤基宗子詩集 岡澤由紀子・絵 風とあくしゅ ☆♥★◎♡
175 土屋律子詩集 高瀬のぶえ・絵 るすばんカレー ☆♡★◎▲
176 三輪アイ子詩集 深沢邦朗・絵 かたぐるましてよ ★☆♡
177 田辺瑞美子詩集 西真里子・絵 地球賛歌 ☆★◎
178 高瀬美代子詩集 小倉玲子・絵 オカリナを吹く少女 ☆♡
179 中野惠子詩集 串田敦子・絵 コロポックルでておいで ★♡☆●
180 松井節子詩集 阿見みどり・絵 風が遊びにきている ★☆♡▲

…ジュニアポエムシリーズ…

181 新谷智恵子詩集 徳田徳志芸・絵 とびたいペンギン 佐世保文学賞 ♡★◎▲
182 牛尾良子詩集 牛尾征治・写真 庭のおしゃべり ♡★◎
183 三枝ますみ詩集 髙見八重子・絵 サバンナの子守歌 ☆★
184 佐藤雅子詩集 佐藤太清・絵 菊池治子・絵 空の牧《まき》場《ば》 ☆★♡■◎◈
185 山内弘子詩集 おぐらひろかず・絵 思い出のポケット ♡★●
186 山内弘子詩集 阿見みどり・絵 花の旅人 ♡★▲
187 原国子詩集 牧野鈴子・絵 小鳥のしらせ ♡★△◎
188 人見敬子 詩・絵 方《はこ》舟《ぶね》地球号 —いのちは元気— ♡★◎
189 林佐知子詩集 串田敦子・絵 天にまっすぐ ★☆♡◎
190 小臣富子詩集 渡辺あきお・絵 わんさかわんさかどうぶつさん ✡♡★◎
191 川越文子詩集 かまだちえみ・写真 もうすぐだからね ♡★◎
192 永田喜久男詩集 武田淑子・絵 はんぶんごっこ ☆★◎♡
193 吉田房子詩集 大和田明代・絵 大地はすごい ★◎♡
194 石井春香詩集 髙見八重子・絵 人魚の祈り ★♡
195 石原一輝詩集 小倉玲子・絵 雲のひるね ♡

196 たかはしけいこ詩集 髙橋敏彦・絵 そのあと ひとは ★
197 宮田滋子詩集 おおた慶文・絵 風がふく日のお星さま ★♡◎
198 渡辺恵美子詩集 つるみゆき・絵 空をひとりじめ ★♡●
199 宮中雲子詩集 西真里子・絵 手と手のうた ★
200 杉本深由起詩集 太田大八・絵 漢字のかんじ ★♡❀
201 井上灯美子詩集 唐沢静・絵 心の窓が目だったら ★♡
202 峰松晶子詩集 おおた慶文・絵 きばなコスモスの道 ★♡
203 高橋文子詩集 山中桃子・絵 八丈太鼓 ★♡
204 長野貴子詩集 武田淑子・絵 星座の散歩 ★♡
205 江口正子詩集 髙見八重子・絵 水の勇気 ♡☆★
206 藤本美智子 詩・絵 緑のふんすい ☆♡★
207 林佐知子詩集 串田敦子・絵 春はどどど ♡★◎
208 小関秀夫詩集 阿見みどり・絵 風のほとり ☆♡★
209 宗美津子詩集 宗信寛・絵 きたのもりのシマフクロウ ♡★
210 かわてせいぞう詩集 髙橋敏彦・絵 流れのある風景 ☆♡★

211 土屋律子詩集 高瀬のぶえ・絵 ただいまぁ ★♡☆◎
212 永田喜久男詩集 武田淑子・絵 かえっておいで ☆♡★
213 みたみちこ詩集 牧進・絵 いのちの色 ♡★
214 糸永えつこ詩集 糸永わかこ・絵 母です 息子です おかまいなく ♡☆★
215 宮田滋子詩集 武田淑子・絵 さくらが走る ♡☆★●
216 柏木恵美子詩集 吉野晃希男・絵 ひとりぼっちの子クジラ ♡★◎
217 江口正子詩集 髙見八重子・絵 小さな勇気 ♡☆★
218 井上灯美子詩集 唐沢静・絵 いろのエンゼル ★♡
219 中島あやこ詩集 日向山寿十郎・絵 駅伝競走 ★☆♡
220 高橋孝治詩集 髙見八重子・絵 空の道 心の道 ★♡
221 江口正子詩集 日向山寿十郎・絵 勇気の子 ♡☆★
222 宮田滋子詩集 牧野鈴子・絵 白鳥よ ☆★
223 井上良子詩集 銅版画 太陽の指環 ★
224 川越文子詩集 山中桃子・絵 魔法のことば ♡☆★
225 西本みさこ詩集 上司かのん・絵 いつもいっしょ ☆♡

…ジュニアポエムシリーズ…

226 髙見八重子・絵 おばらいちこ詩集 ぞうのジャンボ ☆★♡

227 本田あまね・絵 吉田房子詩集 まわしてみたい石臼 ★♡

228 阿見みどり・絵 吉田房子詩集 花 詩 集 ★♡◎

229 唐沢静・絵 田中たみ子詩集 へこたれんよ ★◎

230 串田敦子・絵 林佐知子詩集 この空につながる ★♡

231 藤本美智子 詩・絵 心のふうせん ★♡

232 西川律子・絵 火星雅範詩集 ささぶねうかべたよ ★♡▲

233 岸田歌子・絵 吉田房子詩集 ゆりかごのうた ★♡

234 むらかみあくる・絵 むらかみみちこ むらかみみちこ詩集 風のゆうびんやさん ★♡

235 阿見みどり・絵 白谷玲花詩集 柳川白秋めぐりの詩 ★♡

236 内山つとむ・絵 ほさかとしこ詩集 神さまと小鳥 ★☆♡

237 長野ヒデ子・絵 内田麟太郎詩集 まぜごはん ☆★◎♡

238 出口雄大・絵 小林比呂古詩集 きりりと一直線 ♡★

239 おぐらひろかず・絵 牛尾良子詩集 うしの土鈴とうさぎの土鈴 ★◎♡

240 ルイコ・絵 山本純子詩集 ふふふ ★♡☆◎

241 神田亮 詩・絵 天使の翼 ★☆♡

242 阿見みどり・絵 かんざわみえ詩集 子供の心大人の心さ迷いながら ☆★◎

243 内山つとむ・絵 永田喜久男詩集 つながっていく ★☆♡

244 浜野木碧 詩・絵 海原散歩 ☆★◎♡

245 山本省三・絵 やまうち・しゅうへい詩集 風のおくりもの ☆★◎♡

246 すぎもとれいこ 詩・絵 てんきになあれ

247 加藤真夢・絵 冨岡みち詩集 地球は家族 ひとつだよ ♡☆

248 滝波裕子・絵 北野千賀詩集 花束のように ♡☆

249 加藤真夢・絵 石原一輝詩集 ぼくらのうた

250 高瀬のぶえ・絵 土屋律子詩集 まほうのくつ

251 井上良子・絵 津坂治男詩集 白い太陽

252 よしだちなつ・表紙絵 石井英行詩集 野原くん

253 唐沢静・絵 井上灯美子詩集 たからもの

＊刊行の順番はシリーズ番号と異なる場合があります。

ジュニアポエムシリーズは、子どもにもわかる言葉で真実の世界をうたう個人詩集のシリーズです。

本シリーズからは、毎回多くの作品が教科書等の掲載詩に選ばれており、1974年以来、全国の小・中学校の図書館や公共図書館等で、長く、広く、読み継がれています。

心を育むポエムの世界。

一人でも多くの子どもや大人に豊かなポエムの世界が届くよう、ジュニアポエムシリーズはこれからも小さな灯をともし続けて参ります。

銀の小箱シリーズ

- 葉 祥明 詩・絵　小さな庭
- 若山 憲 詩・絵　白い煙突
- こばやしひろこ・詩 うめざわのりお・絵　みんななかよし
- 江口 正子・詩 油野 誠一・絵　みてみたい
- やなせたかし 詩・絵　あこがれよなかよくしよう
- 冨岡 みち・詩 関口 コオ・絵　ないしょやで
- 小林比呂古・詩 神谷 健雄・絵　花かたみ
- 小泉 周二・詩 辻 友紀子・絵　誕生日・おめでとう
- 柏原 耿子・詩 阿見みどり・絵　アハハ・ウフフ・オホホ★♡▲
- こばやしひろこ・詩 うめざわのりお・絵　ジャムパンみたいなお月さま★

すずのねえほん

- たかはしけいこ・詩 中釜浩一郎・絵　わたし★◎
- 尾上 尚子・詩 小倉 玲子・絵　ぽわぽわん
- 糸永えつこ・詩 高見八重子・絵　はるなつあきふゆもうひとつ★ 児文芸新人賞
- 山口 敦子・詩 高橋 宏幸・絵　ばあばとあそぼう
- あらい・まさはる・童謡 しのはらはれみ・絵　けさいちばんのおはようさん
- 佐藤 雅子・詩 佐藤 太清・絵　こもりうたのように● 日本童謡賞　美しい日本の12ヵ月
- 柏木 隆雄・詩 やなせたかし他・絵　かんさつ日記★♡

アンソロジー

- 渡辺 浦人・編 村上 保・絵　赤い鳥 青い鳥●
- わたげの会・編 渡辺あきお・絵　花ひらく★
- 木曜会・編 西 真里子・絵　いまも星はでている★
- 木曜会・編 西 真里子・絵　いったりきたり♡
- 木曜会・編 西 真里子・絵　宇宙からのメッセージ
- 木曜会・編 西 真里子・絵　地球のキャッチボール★◎
- 木曜会・編 西 真里子・絵　おにぎりとんがった☆★◎
- 木曜会・編 西 真里子・絵　みぃーつけた♡★◎
- 木曜会・編 西 真里子・絵　ドキドキがとまらない
- 木曜会・編 西 真里子・絵　神さまのお通り★
- 木曜会・編 西 真里子・絵　公園の日だまりで★♡

掌の本　アンソロジー

こころの詩Ⅰ
しぜんの詩Ⅰ
いのちの詩Ⅰ
ありがとうの詩Ⅰ
詩集　希望
詩集　家族
いのちの詩集―いきものと野菜
ことばの詩集―方言と手紙
詩集―夢・おめでとう
詩集―ふるさと・旅立ち

心に残る本を　そっとポケットに　しのばせて…
・A7判（文庫本の半分サイズ）　・上製、箔押し